KB157829

한국 희곡 명작선 81

핏빛, 그 찰나의 순간

최준호

평민사

최준호

핏빛, 그 찰나의 순간

"바람이 일어난다!… 살아야겠다!"
— 폴 발레리의 詩 '해변의 묘지' 中에서

등장인물

세조 : 수양대군, 조선 7대 왕
한명회 : 세조정권 수립의 일등공신, 계유정난의 설계자
신숙주 : 조선 제일의 학자, 행정가
양정 : 세조 휘하의 무장
현덕왕후 : 단종의 어머니
김종서 : 북방 개척의 주역, 좌의정
성삼분 : 사육신
박팽년 : 사육신
유응부 : 사육신
권람 : 세조의 측근, 한명회의 친구
정희왕후 : 수양대군의 부인, 세조의 본처
김승규 : 김종서의 아들
단종 : 조선 6대 왕, 세조의 조카

때

조선 단종(端宗) · 세조(世祖)의 치세(治世)

일러두기

이 이야기는 조선왕조실록(朝鮮王朝實錄) 단종실록(端宗實錄),
세조실록(世祖實錄) 등에서 모티브를 따왔으나 대부분은 각색이
다. 이 희곡의 대사는 그 당시 어체에 얽매이지 않았고 무대장치
· 의상 · 소품 등도 옛것을 반드시 재현할 필요는 없다.

프롤로그(PROLOGUE)

도성(都城) 외곽 사찰(寺刹)의 대웅전(大雄殿), 수양대군이 목불(木佛)을 향해 불공을 드리고 있다.

한명회　(귀찮은 목소리) 이번이 끝이야.

권람　(설득하는 목소리) 알았어! 알았어!

수양대군　(혼잣말) 왔군.

　　　　한명회, 권람 등장.

한명회　(권람에게) 그러니 딱 한 잔만 사게. 마지막으로 기방(妓房)에서….

권람　(당황하여 자르며) 대군마마 면전에서 뭔 추태야!

수양대군　(두 사람을 돌아보며 웃음) 나중에 나랑 가세.

권람　(격식을 차리고) 대군마마, 이 친구가 한명회입니다.

한명회　(형식적인 인사를 하고) 한명회입니다. 권람 때문에 왔습니다. 유교국가의 왕자께서 불공을 드리다니 대단하십니다.

권람　이보게!

수양대군　앉게.

　　　　권람, 한명회는 수양대군 앞에 앉는다.

수양대군 그래, 친구는 뭘 잘할 수 있는가?

한명회 (권람을 가리키며) 이 친구에게 많이 듣지 않았습니까? 어찌… 새삼스럽게 물으십니까?

수양대군 (웃음)

권람 이 사람! (수양대군의 눈치를 보며) 대군마마, 이 친구는 순발력과 기지(機智)가 뛰어나고 왈패, 장사치와도 인맥이 두터워 저잣거리의 거의 모든 정보를…

수양대군 (자르며) 자네에게 안 물었네. 친구에게 물은 게지.

권람 (고개를 숙이고) 예, 대군마마.

수양대군 (한명회에게 단호하게) 난 두 번 말 안 해.

사이.

한명회 밥을 먹다가….

권람 (한명회의 언행 습관을 알고 당황하여) 뭐야? 그 말을 또….

한명회 (자르며) 똥을 싸고….

권람 (자르며) 미쳤어?

한명회 그러다 죽는 겁니다.

수양대군 (웃음)

권람, 수양대군에게 무릎을 꿇고 빈다.

권람 용서해주십시오, 대군마마! 이 친구 지금 사정이 안 좋아

정신상태가….

수양대군 (정색하며) 그리고 또 무얼 할 줄 아는가?

한명회 (사이) 아! 하나 있습니다. 어제 본 것까지 포함해 과거(科擧)를 아홉 번 떨어졌습니다. 이거 아무나 못 합니다. 얼굴에 철판을 깔아야지요.

수양대군 (크게 웃는다)

권람 (수양대군에게) 이 친구, 제정신일 때 다시 데려오겠습니다.

한명회 그럴 필요 없어!

한명회는 자리에서 일어난다.

한명회 왕족을 봬서 영광입니다.

수양대군 (그저 웃음)

한명회가 퇴장하려고 하자 권람이 일어나 말린다.

권람 이보게! 갈 땐 가더라도 인사를 드리고 가야지.

한명회 (얼빠진 사람처럼) 그치? 인사는 해야겠지.

한명회는 수양대군 쪽으로 몸을 돌린다.

한명회 이보시오, 왕족 나리! 미래 없는 사람에게 쓸모없는 희망을 준다는 게 어떤 의미인지 아시오?

수양대군 (웃음) 글쎄?

한명회 잔인함이요.

권람 (한숨)

한명회 (권람을 바라보며) 이제 이런 쓸데없는 거로 부르지 마. 그럼 나중에 술 한 잔 사게.

한명회, 퇴장하려 발걸음을 돌린다.

권람 (수양대군에게 다급하게) 제정신일 때 제가 다시….

수양대군 (한명회에게 담담하게) 자네, 날 왕으로 만들어 주게!

한명회는 소스라치게 놀라 발걸음을 멈추고 수양대군을 바라본다.

한명회 (충격을 받고 침묵)

권람 (사색이 되어) 대군! 벌써 그런 말씀을 하시면!

수양대군 (한명회에게) 어떤가?

순간, 무대는 어두워지고 오직 한명회에게 조명이 비친다. 그리고 휘파람 소리인지 바람소리인지 알 수 없는 묘한 소리가 들린다.

한명회 (눈을 감고 혼잣말) 바람이 분다.

다시 무대는 환해진다.

권람   (한명회에게 역정을 내며) 자네! 언제까지 대군마마를 능멸할 건가!

한명회   (눈을 뜨고 혼잣말) 이제, 살아야겠다.

권람   뭐?!

사이.

한명회   (굳은 결심) 예, 반드시 왕으로 만들어 드리지요!

권람   (한명회의 결단에 놀라) 자준(子濬, 한명회의 자)!

수양대군   (차가운 미소) 피바다에 오신 걸 환영하네.

한명회   (웃음) 한번 그 바다에 빠져보죠.

1장

세조 말(1467년, 세조 13) 의금부(義禁府, 조선시대 특별사법 관청), 세조정권 수립의 일등공신 한명회와 신숙주가 갇혀있다. 그들은 목에 칼(조선 시대 죄수의 목에 채우던 형구)이 채워진 채로 앉아있다.

한명회　(혀를 차며) 원래 인생이란 게… 예측은 해도 확정은 못 하는 거야.

옆방에 갇힌 신숙주의 울음소리가 들린다.

신숙주　(울면서) 전하가 어찌! 어찌 소신에게…!
한명회　(자르며) 입 닥쳐! 그냥 죽어!
신숙주　(울면서) 난 죄가 없네.
한명회　이인자(二人者)인 게 우리 죄야. 나이 처먹고 그걸 몰라?
신숙주　(그저 우는 소리)
한명회　팔푼이!

한명회 앞에 죽은 그의 동료, 양정의 망령이 나타난다.

한명회　(혼잣말) 나도 참 많이 무뎌졌어. 양정, 자네 모습이 가물가

물하네.

양정의 망령이 휘파람을 부는데 그 소리가 마치 바람소리 같다.

한명회   바람이 부는군.
양정   (끄덕인다)
한명회   (미소) 나는 살아야겠다.
세조   (밖에서 목소리만) 형식상이야! 그저 형식상!
한명회   (양정에게) 앞만 보는 양반이 왔어. 이제 가 봐.

양정의 망령이 사라진다. 장대한 체구의 세조 등장. 그의 얼굴은
피부병으로 흉하다.

세조   이시애인가 뭔가 하는 미친놈이 자네와 숙주가 역적질을
했다는군.
한명회   (비웃음) 그걸 믿습니까?
세조   역적이 역적을 죽이라 하면 그 역적은 충신 아닌가?
한명회   숙주가 삐졌습니다.
세조   (옆방을 향하며) 어이! 범옹(泛翁)(신숙주의 자)!

신숙주는 곯아떨어져 코 고는 소리만 난다.

세조   저래서 범옹이 좋아! 자네처럼 여우가 아니야.

한명회	삐져서 자는 척할지도 모르지요.
세조	(정색) 그럼 죽는다.

그래도 계속 코 골며 자는 신숙주.

세조	(신숙주를 보며) 저것 봐, 진짜야.
한명회	저 곰이 은근히 고단수입니다.
세조	자네는 의심이 너무 많아.
한명회	(고개를 저으며) 전하에 비하겠습니까?
세조	일이 마무리되면 그대랑 신숙주는 풀려난다.
한명회	애초에 소신(小臣)들을 믿었으면 가두지도 않았겠죠.
세조	(침묵)
한명회	솔직히⋯ 혹시 몰라 그런 거지요?

사이.

세조	(호탕하게 웃으며) 역시 자준(子濬, 한명회의 자)은 못 당해.
한명회	칼판만 안 올랐지 소신이 무당입니다.
세조	날 원망하나?
한명회	아닙니다.
세조	걱정은 말게. 아마 살 거야.
한명회	아마 죽을 수도 있겠죠.
세조	(웃음)

한명회	간단해서 좋습니다.
세조	죽는 게 무섭지 않나?
한명회	원래 인생이 핏빛 아닙니까?
세조	하지만 그 핏빛 속에 찰나의 순간이 있네.
한명회	그 순간은 미치도록 아름답죠.
세조	그래서 우리가 손을 잡았지.
한명회	순간의 영원(永遠)을 잡기 위해서 말이죠.

둘 다 시원하게 웃는다.

세조	아직도 망자들의 환영이 보이나?
한명회	조금 전에 양정을 보았습니다.
세조	약해졌군.
한명회	소신도 늙었습니다.
세조	난 그런 거 안 믿어.
한명회	(답답하여) 선왕의 어미에게 용안이 그렇게 되시고도 안 믿습니까?
세조	그저 꿈이야.
한명회	(웃음) 그런가요?

세조 옆에 현덕왕후(단종의 어머니)의 망령이 등장. 그녀는 세조를 노려보며 휘파람을 분다.

세조 재수 없는 꿈이야. 노산군(단종)의 어머니 현덕왕후가 갑자기 나타나서 돌연 나에게…

현덕왕후는 세조에게 침을 뱉고 사라진다.

세조 그리고 며칠 뒤 얼굴이 이 꼴이 됐어. 망할 것.
한명회 망령의 저주가 아니겠습니까?
세조 그냥 우연이야.
한명회 그렇다면 숙명이겠죠.
세조 숙명이라… 그럴듯하군. 만약 그런 게 존재한다면 그 망령들이 우릴 원망하겠지?
한명회 그걸 말씀이라고 하십니까? 그 망령들이 지금도 우릴 어떻게 죽일까 연구하고 있을 겁니다. 이미 지옥은 예약이에요.
세조 (말없이 웃음)

세조 무리에게 죽은 김종서·박팽년·성삼문·유응부의 망령 등장. 그들은 한명회와 세조를 둘러싼다.

세조 분명, 우린 죽어서도 욕을 먹을 거야.
한명회 인간 세상이 없어질 때까지 계속 욕을 먹겠죠.
세조 후회하나?
한명회 (고개를 저으며) 그 순간 소신은 치열했습니다.

세조　　판단은 후대에 맡긴다?

한명회　많은 일이 있었지요. 그 짧은 순간에 말입니다.

세조　　하루란 지옥의 시간 동안 백 년의 추억을 만들었지.

한명회　추억의 보따리를 풀어봅시다.

　　　　망령들이 입으로 바람소리를 낸다. 김종서는 휘몰아치는 바람, 박
　　　　팽년은 잔잔한 바람, 유응부는 날카로운 바람, 성삼문은 이 세 가
　　　　지 바람소리를 섞어서 낸다.

세조　　(웃음) 바람이 부는군.

한명회　(웃음) 살아야 합니다.

　　　　현덕왕후가 등장하여 세조와 한명회에게 손짓한다. 세조와 한명
　　　　회 사이를 가로막았던 옥문(獄門)은 사라지고 둘은 현덕왕후를
　　　　따라 과거(過去)로 간다. 피처럼 빨간 조명이 그들이 가는 길을
　　　　비춘다.

2장

십여 년 전 계유정난(癸酉靖難)의 거사(擧事) 당일(1453.10.10., 단종 1년), 수양대군의 자택 사랑채. 수양대군을 중심으로 한명회 · 신숙주 · 양정 · 권람이 모여 앉아 있다.

권람 (수양대군에게) 더는 김종서의 만행을 볼 수가 없습니다!

양정 역적을 토벌하는 게 정의지요!

신숙주 (걱정스레) 저쪽은 군권을 장악하고 있는데 우리는 고작 백여 명입니다.

권람 도성 야간 순찰대장까지 포섭했어. 실제로는 수백 명이네.

신숙주 김종서 쪽은 십만 군권을 장악하고 있어!

수양대군 (침묵)

한명회 (두통 때문에 머리를 싸매고) 어휴….

일동 모두 한명회를 바라본다.

신숙주 이봐, 왜 그래?

양정 형님! 뭔 일 있소?

한명회 몰라, 나 죽어.

권람은 한명회에게 다가가서 냄새를 맡아본다.

권람　(혀를 차며) 미친놈. 또 술 처먹었네.

한명회　(혼잣말) 계향이 나쁜 년… 오늘 기필코 그년 저고리를 풀려고 했건만.

양정　(다가가서 한명회의 멱살을 잡고) 형님! 지금 미쳤소? 오늘이 그날이오!

한명회　(양정을 애절하게 바라보며) 네가 그렇게 비싸? 이 오라버니가 다 줄게. 다 줄 수 있어!

신숙주　(절망에 빠져 혼잣말) 망했어. 다 틀렸어!

양정은 한명회의 멱살을 잡고 일어난다.

양정　(수양대군에게) 몇 대 패서 정신 차리게 한 뒤 오겠습니다.

수양대군　그냥 내버려두게.

양정　(한숨)

양정은 한명회를 던져 버리고 다시 자리에 앉는다.

수양대군　계속하지.

신숙주　김종서 일당이 악의 근원이긴 하나 그 세력이 너무 강합니다. 대군, 일단 이번은 접고 후일을 도모하심이….

양정　(자르며) 여기까지 와서 무슨 헛소리요!

신숙주　모르면 가만히 있어! 무식한 칼잡이가!

양정　(직책상 신숙주가 상관이라 참고 한숨)

권람 (자리에 앉으며) 이미 판이 던져졌는데 지금 물리면 기회는 다시 오지 않습니다. 전하께서 누이이신 경혜공주와 같이 있는 지금이 기회입니다. 결단을 내리십시오.

수양대군 그러니까 큰 그림은 알겠네. 근데… 어떻게 김종서를 죽이겠단 건가?

사이.

권람 자리를 마련했다고 이리로 부르면 되지 않겠습니까?

한명회 (비웃음) 참 잘도 오겠다.

양정 제가 직접 암살조를 끌고 가겠습니다! 김종서가 집에서 나올 때 그놈의 모가지를…!

신숙주 (자르며) 암살조라면 씨름꾼이랑 왈패들 모은 오합지졸을 말하는가?

양정 죽기를 각오하면 싸우면….

한명회 (자르며) 그래도 죽는다.

신숙주 최정예 북방병사들이 김종서를 호위하고 있어. 그리고 호위대장인 그의 아들놈은 검술로는 조선에서 당할 자가 없네.

양정 (분통이 터져 일어나며) 씨부럴! 주둥이로 싸워라!

양정은 사랑채 밖으로 씩씩거리며 걸어간다.

권람   (양정에게) 이보게 어디 가나?

양정   수하들을 대기시켜 놓을 테니 입씨름 끝나면 명령이나 내리쇼.

양정 퇴장.

한명회   (양정이 퇴장한 곳을 바라보며) 아주 갈 것처럼 일어나더니… 귀엽네.

권람   대군! 김종서는 어린 주상을 능멸한 대역죄인입니다. 이제는 임금도 죽이려 하니 결단을 내리십시오!

신숙주   지금은 때가 아닙니다. 소인이 판을 다시 짜겠습니다. 이번만은 물러나십시오.

권람   이제 와서 어찌 물러나라는 건가!

신숙주   (한명회를 가리키며) 자네가 천재라고 데리고 온 놈팽이부터 저 꼴인데 무슨 거사를 해?

수양대군   (조용하지만 강단 있게) 둘 다 입 다물어!

권람, 신숙주 침묵.

한명회   (표정이 좀 밝아져) 이제야 술이 좀 깬다.

수양대군   (한명회에게) 자준은 어떻게 생각하나?

사이.

한명회   제 생각은… 지금 당장 임금께 우리가 역적모의하다 심장
        이 쫄렸다고 보고하는 게 상책일 것 같습니다.

권람   (황당하여) 이보게!

신숙주   미친놈.

수양대군 (웃음) 왜 그렇게 생각하나?

한명회   구국의 대의니 역적 김종서니 말하는 꼬라지를 보니까…
        어차피 다 잡혀 뒤질 게 뻔합니다. 지금이라도 자백하면
        사약으로 곱게 죽지 않을까요?

수양대군 (말없이 웃는다)

신숙주   그걸 지금 말이라고….

한명회   입 닥쳐!

        신숙주는 한명회의 일갈에 침묵한다.

한명회   (얼빠진 모습은 사라지고) 김종서가 역적인가? 무슨 역적질을
        했는데? 권세가라면 다 받는 뇌물 건도 하나 없는 게 김종
        서야. 임금을 죽여? 그자는 마음만 먹으면 왕 따윈 갈 수
        있어! 허나 한 번도 어린 임금을 거스른 적이 없지. 이게
        바로 충신일세. 말은 똑바로 하자. 역적은 우리야! 충신을
        죽이려는 건 우리라고! (수양을 가리키며) 저자는 피바다를
        만들고 어린 조카를 재껴 세상을 먹어치우려는 괴물이야!

수양대군 (통쾌한 웃음)

한명회   저 괴물과 함께 세상을 잡으려는 욕망 덩어리가 우리야.

그런데 우리끼리 모인 마당에 욕망조차 진술하지 못하면 그따위 진정성으로 무슨 세상을 잡겠나? 정신 차려! 우린 하루 동안 세상을 지옥으로 만들 자들이야. 역적 김종서, 구국, 정의… 이딴 변명은 이긴 다음에 하는 걸세. 싸움에서 진 도적의 변명은 개똥보다 더럽고 구차한 거야. 이길 생각이 없으면 그냥 죽어. 알겠나!

권람, 신숙주 침묵.

수양대군　그럼 자준의 생각을 들어보지. 어떻게 하면 초장에 김종서를 죽이겠나?

사이.

한명회　대군께서 직접 김종서의 집으로 가서 그의 멱을 따시지요. 설마 그자가 자기 집에서 뒈질 거라 생각이나 하겠습니까?

사이.

권람　(당황하며) 이, 이보게….

신숙주　(비웃음) 난 또 무슨 대단한 계책이라도 있는 줄 알았네. 뭐 과거(科擧)를 아홉 번이나 떨어진 놈이 무슨 묘책이 있겠나?

한명회 (무시하고) 아니면 그냥 자백하십시오.

권람 맞아… 그 방법이 확실해. 발상의 전환이로군. 그러나 위험부담이 너무 크네. 잘못하면 주군부터 죽을 수 있어!

수양대군 준비해라.

수양대군은 자리에서 일어난다. 그러자 다른 이들도 모두 일어난다.

신숙주 주군! 이건 정말….

수양대군 (자르며) 범옹, 그동안 궐에 심어놓은 자들을 이용해서 삼사(三司)를 장악하게. 언론을 장악하면 천하를 잡는다고 했지?

신숙주 하지만….

수양대군 그걸 오늘 보여주게. 조선에서 행정은 그대를 당할 자가 없지.

사이.

신숙주 (잠시 침묵하다가) 조선에서 행정은 이 범옹과 견줄 자는 없지요. 명을 받들겠습니다!

수양대군 (끄덕이며) 권람은 당장 군사를 이끌고 경혜공주의 사저(私邸)로 가게. 임금에게 윤허를 받아 와.

권람	달래주고 겁주면서 회유하는 것이 제 장기입니다. 명을 받들겠습니다!
수양대군	양정은 나와 함께 김종서의 멱을 딸 것이다. 자준, 이미 도성 순찰병들과는 얘기가 끝났겠지?
한명회	예, 지목한 대신들이 궐에 들어오면 살생부대로 골라 재끼겠습니다.
수양대군	자준도 정적(政敵)들의 시선 분산을 위해 김종서의 사저 앞까지는 나와 함께 간다. 그 뒤 조용히 대궐로 가서 살생부대로 처리하게.
한명회	명을 받들겠습니다!
수양대군	(일동에게) 남의 목숨을 취하러 가는 거다. 나도 목숨을 걸어야지. 자! 지금부터 세상을 뒤집는다!
한명회·신숙주·권람	예! 주군!

신숙주, 권람 퇴장. 무대는 어두워지고 수양대군(세조)과 한명회에게 조명이 비친다. 둘은 그 공간에서 1장의 현재(現在)로 돌아온다.

세조	그때 좀 놀랐어. 숙주 놈이 의외로 결단이 있더군.
한명회	돌다리가 단단하면 건너는 놈입니다.
세조	사실 부실하기 그지없는 돌다리였잖아. 밟으면 곧 무너질 정도였지. 권람이야 강단이 있어 믿었지만 숙주는 불안했어.

한명회	소신도 궁금해서 얼마 전 범옹과 술 한잔하면서 물어 봤어요.
세조	뭐라던가?
한명회	그때, 전하의 용안을 보니 뭐라도 될 거 같았다고 하더 군요.
세조	고작 그거야?
한명회	그게 범옹에게는 무엇보다 단단한 돌다리였나 봅니다.
세조	믿어준 거뿐인데….
한명회	가끔은 그 믿음이 모든 것일 때가 있습니다.
세조	그리운 말이군. (웃음) 근데 말이야. 그때 술 취한 거 연기 였지?
한명회	(어이가 없어) 예?
세조	그놈들 정신 들게 하려고 일부러 그런 거잖아.
한명회	(고개를 설레설레) 진짜 취한 겁니다.
세조	(화가 나) 뭐야! 제정신이 있었던 거야? 대체 왜 그랬어?
한명회	(머리를 긁적이며) 그게 참….
세조	답답해!
한명회	쫄려서 그랬습니다.
세조	(어이가 없어) 뭐라?
한명회	막상 그날이 되니 떨리더군요. 진정하려고 한잔했는데 마 시다보니 이거 참 술이 뭔지.
세조	좀생이!
한명회	(웃음) 소신도 사람입니다.

세조   (허탈한 웃음) 어떻게 우리가 살아있지?

한명회   어휴… 다시 하라면 절대 못 합니다.

세조   나도 떨렸네. 하지만 나마저 확신이 없다면 어찌되겠나?
         그래서 얼굴에 철판 깔았지.

한명회   잘하셨습니다.

세조   그래도 마음 한구석은 도망가고 싶었어. 근데 중전이….

거사 당시를 회상한다. 수양 처 등장. 두 손에는 갑옷을 들고 있다.

수양처   (당차게) 입고 가시지요.

세조   관복을 입고 가야 해요.

수양처   갑옷을 입고 그 위에 관복을 입으세요. 기골이 장대해 티
         도 안 납니다.

한명회   (수양처의 의연함에 감탄하여) 여걸이십니다!

세조   거기다….

수양처   대감께서 잘못되면 자식들과 함께 독을 삼키겠습니다. 그
         러니… 뒤는 걱정하지 마시고 다녀오세요.

한명회   아! 뒤끝도 없습니다.

세조   꼼짝도 못했지 뭐.

한명회   (감탄) 과연, 중전마마십니다.

세조   난 반도 못 따라가.

한명회   가야 할 추억 길이 한참 남았습니다. 어서 가시지요.

세조   그래야지.

다시 거사 당시의 시점. 수양대군과 한명회는 사랑채 밖으로 향한다.

수양대군 (수양 처를 바라보며) 바늘로 찔려도 피 한 방울 안 나올 사람입니다. 다녀오리다. 고마워요, 부인.

수양대군, 한명회 퇴장.

수양처 (참았던 눈물이 터져 나온다) 부디… 부디 살아 돌아오세요!

3장

김종서의 사저(私邸) 대문 앞. 달빛이 환히 빛난다.

양정　　　(목소리) 긴장하지 마시고 평소대로 하시면 됩니다.

수양대군　(목소리) 긴장 안 했네.

양정　　　(목소리) 평소대로….

한명회　　(목소리) 네놈이 긴장한 거 아니야? 아까부터 같은 소리만 반복하네!

양정　　　(목소리) 형님!

수양대군　(목소리) 둘 다 시끄러! 다 왔어.

수양대군, 한명회, 양정 등장.

한명회　　(달을 바라보며) 밝군요.

양정　　　(한명회에게) 형님 그거 압니까? 달빛에 피를 비추면 검은색입니다.

한명회　　검은색이라….

수양대군　직접 봐야 알겠군.

한명회　　좀 있으면 봅니다.

수양대군　(한명회에게) 이제 대궐로 가게.

한명회　　(수양대군에게 인사를 올린 뒤) 그럼….

한명회는 대궐로 발길을 돌린다.

수양대군 (양정에게) 수하들은?

양정 이 집 뒷문 담벼락에 대기 중입니다.

수양대군 (한 번 숨을 크게 마신 뒤 천천히 뱉는다) 자 이제….

순간 한명회는 발걸음을 멈춘다.

한명회 (나지막하게) 주군!

수양대군 (놀라서 뒤를 돌아보며) 뭐야?

사이.

한명회 잘하시오.

사이.

수양대군 (말없이 고개만 끄덕인다)

한명회 퇴장.

수양대군 (대문을 향해) 이리 오너라!

대문이 열리고 김종서의 아들 김승규가 나온다.

김승규   대군마마 아니십니까?

수양대군   왜 하인이 안 나오고 자네가 나오나?

김승규   (수양대군을 경계하는 눈빛) 오늘은 제가 아버님을 호위하고 있습니다. 알다시피 요사이 아버님을 죽이려는 무리가 많다지 않습니까. (비꼬며) 누구 덕분에 말입니다.

수양대군   급한 일이 있어 대감을 뵈러 왔네.

사이.

김승규   아버님께 여쭤 보겠습니다.

수양대군   매우 급박하다고 말씀드리게.

김승규는 대답도 안 하고 돌아선다.

양정   (혀를 차며) 건방진 놈. (순간 수양대군의 뒷모습을 보고 놀라) 저기 대감… 사모뿔 하나가….

양정은 손으로 수양대군이 머리에 쓰고 있는 **사모**(紗帽, 조선시대 문무백관이 관복을 입을 때 갖추어 쓴 모자)를 가리킨다. 한쪽 사모뿔이 없다.

수양대군	(덤덤하게) 내가 뗀 거야.
양정	(영문을 몰라) 예?!

김승규가 다시 대문으로 나온다.

김승규	아버님께서 안마당에 나와 기다리고 계십니다.
수양대군	고맙네.
김승규	(냉소적) 들어오시지요.

수양대군과 양정은 사저 안으로 들어가려 한다.

김승규	잠깐!
수양대군	무슨 일인가?
김승규	대군마마, 심복의 무장은 해제하고 들어가셔야 합니다.
양정	(당황하여) 이 칼은 대군마마의 호위무사로서 형식상 차고 있는 거요!
김승규	나도 아버님을 호위하는 자로서 형식상 그러는 거네.
양정	아니…!
수양대군	(자르며) 괜찮아. (양정에게 손을 내밀며) 이리 주게.

양정은 마지못해 차고 있는 칼을 수양대군에게 준다. 수양대군은
그 칼을 김승규의 발밑에 던진다.

수양대군　(미소) 칼 들고 자네에게 가면 또 오해할 거 같아 던졌네.

김승규　(칼을 집으며) 그런데 말입니다.

양정　(답답하여) 또 뭐요?

사이.

김승규　(웃으면서) 대군마마의 사모뿔이 하나 없습니다. 여기까지 오시느라 긴장해서 못 보셨나보군요.

수양대군　(사모를 만지면 당황하는 척) 아니! 이게 언제부터 떨어졌지?

김승규　(경계심을 풀고) 들어오시지요.

김승규는 사저 안으로 들어간다.

양정　(혼잣말) 젠장 칼이….

수양대군　가자.

수양대군과 양정은 다시 김종서의 사저 안으로 들어가려 한다. 순간 양정은 멈추고 무대가 어두워진다. 오직 수양대군에게만 달빛이 비친다. 그 달빛 공간에 한명회가 등장한다. 그 공간에서 수양대군(세조)과 한명회는 1장의 현재(現在) 시점으로 돌아온다.

한명회　사모뿔 하나를 뜯는다. 기가 막힙니다.

세조　(신경질) 에이! 감정 실어 재현하는데 다 흐트러졌어. 중간

한명회	(능글맞게) 어떻게 그런 생각을 하셨습니까? 처음부터 계획한 거예요?

에 끊지 마!

한명회 (능글맞게) 어떻게 그런 생각을 하셨습니까? 처음부터 계획한 거예요?

세조 아니, 김종서 사저로 가는 길에 순간 떠올라 뜬었어.

한명회 임기응변?

세조 뭐랄까… 미리 생각한 수십 가지의 작전이 있었는데, 막상 닥치니까 나온 건 나도 전혀 생각지도 못한 거였어. 그동안 계획했던 게 다 허망하더군. 이럴 줄 알았으면 말이야….

한명회 아닙니다. 그동안 계획했기 때문에 나온 묘수지요.

세조 무슨 소리야?

한명회 수많은 생각과 생각이 쌓여 그 기반 위에 나온 한 수라는 겁니다. 생각이란 녀석은 그런 겁니다. 따로 노는 게 아니에요. 인생은 하나와 하나가 합쳐 둘만 되는 게 아니라 만도 되고 억도 된다 하지 않습니까?

세조 그런가.

한명회 끊어서 미안합니다. 칭찬해 주고 싶었어요.

한명회는 세조에게 가까이 다가가 옷을 털어준다.

한명회 잘 다녀오십시오.

세조 (웃음) 지옥문으로 들어가겠네.

한명회 퇴장. 달빛이 무대 전체를 비추고, 다시 거사(擧事) 당일 시점으로 돌아간다. 수양대군과 양정은 김종서의 사저 안으로 들어간다. 안마당에는 김종서가 미리 나와 수양대군 일행을 기다리고 있다.

김종서 (웃음) 방으로 들어오시지 않고요!

수양대군 (웃음) 아닙니다. 날이 너무 어두워졌습니다.

김종서는 수양대군의 사모뿔 하나가 없는 것을 달빛에서 확인한다.

김종서 이런! 사모뿔 하나가 없네요.

수양대군 (민망한 표정) 예, 그러게요. 아! 어쩐다… 좀 빌릴 수 있을까요?

김종서 (김승규에게) 하나 가져오너라.

김승규 예, 아버님.

김승규 퇴장. 이로써 김종서는 무방비 상태가 된다.

수양대군 내 사실은 대감께 비밀리에 드릴 말씀이 있습니다.

김종서 뭡니까?

사이.

수양대군 (김종서에게 가까이 다가가서 나지막하게) 호랑이여….

김종서 (당황하여) 무슨…?

수양대군 한때는 산천을 호령한 호랑이인데… 이제는 눈앞에 죽음
도 감지 못하는 불쌍한 늙은 호랑이여.

김종서 설마…!

순간, 양정은 옷소매에서 철퇴를 꺼내 김종서의 머리를 수차례
가격한다. 김종서의 머리에서 피가 솟는다.

수양대군 (김종서의 피를 보며) 아…!

김종서는 비틀거리면서 수양대군의 멱살을 틀어잡는다.

김종서 (수양을 노려보며) 이… 이놈!

그 와중에도 양정은 계속해서 김종서를 가격한다. 김종서의 피가
수양대군의 온몸에 뿌려진다.

수양대군 (몸을 바르르 떤다) 아… 아…!

김종서는 바닥에 쓰러진다. 김승규가 새 사모를 들고 등장. 그는
눈앞에 참혹한 광경을 보고 본능적으로 칼을 빼 든다.

김승규   (분노에 가득 찬) 아버님!

넋이 나간 수양대군. 양정은 철퇴로 김승규와 싸운다.

양정   (김승규와 병장기를 주고받으며) 모두 나와라!

김승규   뭣들 하느냐! 어서 이 두 개자식을 찢어발겨라!

곧 수양대군의 수하들과 김종서의 호위병들이 서로 뒤엉켜 싸우고 죽이는 소리가 들린다. 순간 조명이 수양대군에게 집중되고 전투는 느리게 진행된다. 그 조명 안에 또다시 한명회가 등장해 수양대군(세조)과 1장 현재(現在)의 대화를 나눈다.

한명회   시작부터 절정이군요. (피범벅이 된 수양을 바라보며) 피가 달빛에 비치니 양정의 말대로 검은색입니다. 아름다워요. 이게 생명의 색이로군요.

세조   날씨가 추워서 그런지 김종서의 피가 더욱 따뜻하게 느껴졌어.

한명회   그건 생명의 온도지요.

세조   그자가 날 부여잡고 노려볼 때는 얼마나 무섭던지. 이게 진짜 공포인가 했지. 단순한 분노는 아니었어. 집념이야. 내 앞에는 삶과 죽음의 냉혹함이 마주하고 있었어. 그런데 말이야… 그가 쓰러지고 난 뒤 이어진 병사들의 싸움은 아주 고요했어.

한명회 고요하다니요? (양정과 김승규의 싸움을 보면서) 저리도 시끄러운데.

세조 그거 아나? 삶과 죽음이 교차할 때, 그 순간 주변 모든 것이 느려져.

한명회 그러고 보니… 주위의 모든 것들이 느려졌군요! (신기하여) 마치 달팽이 두 마리가 교미하는 것 같습니다. 그 둘에게는 격정적인 순간이지만 다른 사람이 보기에는 한없이 느린… 그런 느낌말입니다.

세조 삶과 죽음의 경계선… 조금만 발을 헛디디면 천 길 낭떠러지인데 왜 이리 고요할까? 그 순간이 왜 이리 아름다울까?

한명회 핏빛, 그 찰나의 순간이군요.

세조 살아있다는 것이 그토록 아름답다는 걸 처음 알았네.

그때 김승규는 양정을 제압한다. 양정은 급소는 피해갔지만 온몸 곳곳이 베여 주저앉는다. 김승규는 양정을 죽이는 것 따윈 관심도 없고 곧바로 수양대군(세조)을 향해 달려간다. 아주 느리게….

세조 그때 바람이 불더군. 아주 차디찬 바람… 그 바람이 나에게 스쳤어. 살이 터질 것 같이 시렸지.

바람소리가 들린다.

세조 덕분에 나의 피가 뜨겁다는 걸 가슴으로 느꼈지.

김승규는 수양대군(세조)과 한명회의 시공간(視空間) 안으로 들어온다. 그러나 과거를 사는 김승규의 움직임은 여전히 느리다. 그의 칼날이 수양대군(세조)의 눈앞까지 천천히 다가온다.

한명회 일단 살아야겠습니다.

세조 그래 살아야겠다.

다시 조명이 무대 전체를 비추고 거사 당시 시점. 수양대군은 동물적 감각으로 칼을 든 김승규의 팔을 부여잡는다. 인간을 초월한 수양대군의 민첩성과 억센 힘에 김승규는 쥐고 있던 칼을 떨어뜨린다. 그 뒤 수양대군은 그를 들어 바닥에 내친 뒤 무자비하게 구타하고 짓밟는다.

한명회 (무대 한구석에서 거사 당시를 추억하며, 혼잣말) 무자비한 폭력이라기보단, 허기진 호랑이가 사슴을 뜯어 먹는 것 같군. 자연스럽고 순수해.

압도적인 근력에서 나오는 수양대군의 폭력에 김승규의 숨통은 이미 끊어졌다. 하지만 그 폭력은 김승규의 육체가 산산 조각날 때까지 계속 이어진다.

4장

경복궁(景福宮)의 정전(正殿), 근정전(勤政殿)의 정문인 근정문 (勤政門). 그 계단 한가운데 한명회가 살생부(殺生簿)를 보며 앉 아있다.

목소리 (근정문 안에서 목소리만) 자준! 내가 왜…? (무언가 말하려다가 외 마디 비명이 들린다)

한명회 (무덤덤한 표정) 이현로… 이걸로 끝. 살생부대로 다 처리했 군.

망령인 김승규가 온몸이 피범벅인 채로 등장.

김승규 (휘파람을 분다)

한명회 (김승규를 바라보며) 이런 게 보일 때마다 환영인지 귀신인지 모르겠단 말이야. (뭔가 석연치 않아) 승규야, 네 아비는 어디 갔냐?

김승규 (비웃음) 친구 이현로를 죽인 놈.

한명회 그 이름 함부로 부르지 마라!

목소리 이현로가 자준과는 친했지? 나와 한잔할 때도 제법 익살 과 재치가 있던 친구였는데.

김승규의 망령은 수양대군의 목소리가 들리자 겁을 먹고 퇴장. 무대는 어두워지고 한명회에게 조명이 비친다. 그 조명 공간에 1장 현재(現在)의 세조(수양대군)가 등장하여 한명회와 대화를 나눈다.

한명회 이현로는 적대세력인 안평대군의 책사(策士)입니다.

세조 집안노 화목하고 청빈(淸貧)하다고 늘었는데….

한명회 내 친구를 동정하지 마십시오.

세조 (비웃음) 죽여 놓고 그런 말을 하나?

한명회 동정하는 순간 그 친구의 죽음은 개죽음이 됩니다.

세조 그렇긴 하네.

한명회 동정은 우리의 영역이 아닙니다.

세조 그자의 원통함마저 우리가 뺏으면 안 되지.

한명회 그건 삼류들이나 하는 짓입니다.

세조 맞아.

한명회 (비웃음) 그리고 주상과 양정의 불찰로 모든 게 다 날아 갈 뻔했습니다.

세조 (당황하여) 아니! 다 끝난 일을 가지고 아직도!

한명회 다시 생각해도 아찔합니다.

세조 시끄러워!

한명회 어쨌든 이쪽은 소신의 무대이니 소신도 감정이입 좀 해야 겠습니다.

세조 (심술) 내 추억에 멋대로 개입할 때는 언제고….

세조는 퇴장하려다 잠시 멈춘다.

세조　　그래도 말이야.

한명회　무슨 말씀을….

사이.

세조　　동정은 의미조차 없지만… 돌이킬 수 없는 시간은 괴롭
　　　　다네.

사이.

한명회　(웃음) 사람 두 번 죽이시네요.

세조　　(웃음) 어디서 많이 듣던 소리군. 멋지게 추억해보시게.

세조 퇴장.

한명회　(다시 거사 당시로 돌아가 혼잣말) 승규만 보인 게 걱정된단 말
　　　　이야….

양정 등장.

양정　　형님!

한명회 아휴! 만신창이구먼. 듣자 하니 김승규에게 형편없이 당했다며?

양정 승규 부하들은 내가 대부분 죽였소!

한명회 잔챙이 백여 명을 죽여 뭐해.

양정 (옆에 앉으며) 김종서도 내가 직접 죽였어요! (섭섭하여) 김승규도 결국 죽지 않았소? 살아있는 놈이 이긴 거요.

한명회 그건 그렇지.

양정 그래 살생부대로 다 죽였소?

한명회 (말없이 고개만 끄덕인다)

양정 (살생부를 가리키며) 거 줘 보슈.

한명회가 살생부를 건네려고 하자 양정이 바로 가로챈다.

한명회 뺏을 거면 애초에 달래지나 말지.

양정 (살생부를 빠르게 넘겨보며) 어휴, 많이도 죽였네.

한명회 그나저나 몸은 괜찮나? 칼에 엄청 베였군.

양정 (살생부를 넘기면서) 깊게 베인 건 없소. 걷다 보니 다 나았어요.

한명회 머리만큼 몸도 단순해서 좋겠다.

양정 (혀를 차며) 말을 해도 참… (살생부의 마지막 장을 보고) 이 현로…맞지요? 이현로라 읽는 거. 이거 볼 때마다 마음이 짠해요. 벌써 죽였죠? (한명회의 한쪽 어깨를 툭툭 치며) 마음고생 심했겠소.

갑자기 한명회는 양정의 뺨을 갈긴다.

양정　　(당황하여) 뭐요?!

한명회　내 친구 동정하지 마!

양정　　예?

한명회　(양정을 죽일 듯이 노려본다) 동정질하지 말라고!

양정　　(기세에 압도당해) 뭔지는 모르지만 알겠소. 나 원, 목숨 걸고
　　　　　싸웠는데 섭섭하네.

한명회　주군은?

양정　　주군은 임금에게 김종서 잔당들의 토벌을 허락받았습
　　　　　니다.

대궐 안의 피가 근정문 밖까지 흐른다.

한명회　(일어나며 무덤덤하게) 그러니까 이렇게 피바다를 만들 수 있
　　　　　는 게지.

양정　　(하의에 피가 묻어 일어나며) 에이! 더러운 피가.

한명회　(웃음) 우린 이미 더러운 존재야. 그나저나 주군은 어디 계
　　　　　시나?

양정　　곧 이리로 오신답니다.

한명회　김종서는 진짜 죽었지?

양정　　그럼 가짜로 죽였겠소? 철퇴로 대가리를 얼마나 쳤는데.

한명회　(혼잣말) 근데 왜… 승규만 보이지?

양정　　뭐요?

한명회　아, 아무것도 아니….

양정　　승규하니까 정말 주군 대단합니다. 아니 대단하다기보단 무서웠어요.

한명회　김승규를 직접 패 죽였다지?

양정　　(고개를 끄덕이며) 그 양반 힘이 장사인 건 예전부터 알았지 민, 그 정도일 줄은 몰랐습니다. 그건 사람의 힘은 아닌 데….

한명회　그 양반 원래 본질이 사람이 아니야.

양정　　예?

한명회　괴물이지. 그래서 내가 주군과 함께 하는 거야.

양정　　에이, 주군 보고 괴물이 뭐요? 아무리 그래도….

신숙주 등장. 황급히 뛰어나온다.

신숙주　이보게 큰일 났어!

양정　　뭔 큰일이요?

한명회　무슨 일인가?

신숙주　김종서가 도성 밖으로 탈출했네!

모두 아연실색.

양정　　말 같지도 않은 소리! 내 분명 철퇴로 패서 죽였소!

한명회 그 시체 목을 잘라 왔나?

양정 그게… 그럴 정신까지는….

신숙주 그러니까 두개골이 함몰된 피범벅인 노인을 누군가 김종서의 사저에서 부축해 나오는 걸 여러 사람이 봤다는 거야!

양정 말도 안 돼! 어떻게 철퇴를 그리 맞고….

한명회 멍청한 놈!

권람 등장. 역시 황급히 뛰어나온다.

신숙주 어떻게 됐나?

권람 (심각하게) 방금 도성 수비대장에게 들었는데, 북문으로 누군가 가마를 타고 나갔다는 보고가 들어왔다네.

신숙주 (어이가 없어) 그걸 왜 나가게 했나?

권람 가마 안을 보니 어둡지만 대충 늙은 할멈으로 보여 보냈다더군.

한명회 쥐새끼 한 마리도 못 나가게 하라 했잖아!

권람 그때만 해도 북문까지는 연락이 안 닿았나 봐.

양정 죄송합니다. 다 제 불찰….

한명회 (자르며) 그딴 말이 제일 쓸모없어! 당장 수색대를 모아 김종서를 잡아!

양정 알겠소!

양정 급히 퇴장.

신숙주   김종서가 변방으로 가서 군사를 모으면 끝장이야. 이 도
              성 안에는 북방군과 대적할만한 병사가 없네.

한명회   (신숙주에게) 이제 와서 멈출 수 없어. 자네는 당장 대신들을
              모아 오늘 거사의 정당성을 선포하게!

신숙주   알겠네! 일단, 중앙정부는 우리가 상악했으니.

한명회   권람, 자네는 도성 순찰대를 총 지휘해서 김종서를 찾게.
              아직 도성에 남아 있을 수도 있어!

권람   (고개를 끄덕이며) 이 잡듯 찾지.

신숙주, 권람 퇴장. 혼자 남은 한명회는 바닥에 주저앉는다.

한명회   난 또 이렇게 지고 마는가?

망령이 된 김승규가 다시 등장한다.

김승규   나이 사십에 한 게 아무것도 없는 놈.

한명회   (두 귀를 막고) 그만….

김승규   어미 뱃속에서 덜 자라 나온 칠삭둥이.

한명회   그만….

김승규   과거(科擧) 아홉 번 떨어진 식충이.

한명회   그만….

김승규   (크게 웃으며) 그래, 친구는 왜 죽었나? 개죽음이더구먼, 완
전히!

한명회   제발 그만!

절규하는 한명회. 현덕왕후(단종의 어머니)의 망령 등장.

현덕왕후   지옥의 끝이 있을 줄 아느냐?

한명회   (자조) 있을 리가 없지요….

현덕왕후가 한쪽 손을 펴자 핏빛 길이 열린다. 그녀는 한명회에
게 따라오라고 손짓한다. 한명회는 현덕왕후의 망령을 따라 함께
퇴장한다.

5장

역대 임금의 초상화를 봉안(奉安)한 창덕궁(昌德宮)내 선원전(璿源殿). 수양대군은 그의 아버지 세종대왕(世宗大王)의 초상을 보며 앉아있다.

수양대군 아버지, 결국 이렇게 되었어요.

그러나 초상은 말이 없다.

수양대군 아버지 유언, 결국 지키지 못했습니다.

한명회 등장. 술병 하나와 술잔 두 개를 들고 있다.

한명회 역시 여기 계셨군요.
수양대군 이미 들었네. 김종서가 탈출해 우리 계획은 수포(水泡)로 돌아갔다고….
한명회 그런 거 같습니다만… (허탈한 웃음) 허나 끝날 때까지는 아직 끝난 게 아니지요.

수양대군 옆에 앉는다.

수양대군 여기가 어딘 줄 아는가?

한명회 어찌 모르겠습니까? 그래도 죽기 전에 한잔하러 왔습니다. 주군과 사람 대 사람으로 마신 적이 없는 것 같아서요.

한명회는 수양대군에게 술잔을 건네고 한잔 따른다.

수양대군 늘 파격적이야.

한명회 좀 있으면 파격이 아니라 파멸이 됩니다.

수양대군도 한명회에게 한잔 따른다.

한명회 궐내 핵심 인사들도 다 도망갔습니다.

수양대군 (허탈한 웃음) 그게 인생 아닌가?

한명회 (세종대왕의 초상을 보며) 저분이 그 유명한 세종대왕이십니까?

수양대군 (한잔 마시며) 그래, 우리 아버지… 많이 좋아했지.

한명회 천 년의 성군을 아버지로 두셨으니 마주하는 벽이 참 높았겠습니다.

수양대군 가끔 숨이 막혔어.

한명회 (한잔 마시며) 어쩌다가 왕이 되고자 했습니까? 무슨 대의명분 그런 거 말고요.

수양대군 어린 시절…, 아버지가 우리 형제들을 데리고 인왕산 꼭대기까지 간 적이 있어.

한명회　(피식 웃으며) 업고 가는 내시들은 죽어났겠군요.

한명회는 수양대군의 빈 잔에 술을 따른다.

수양대군　그곳에 있으면 한양 도성이 한눈에 다 들어와. 형과 아우
　　　들은 대충 보고 놀기 바쁜데 난 그 광경에서 눈을 뗄 수가
　　　없었어. 한 손을 쫙 펴니 그게 내 손 안에 다 들어오는 거
　　　야. (아련한) 조그만… 조금만 더 가까이 가면 잡을 수 있는
　　　데… 조금만 더….

한명회　(웃음) 애초부터 대군에 머물 양반은 아니었군요.

수양대군　그때부터 왕이 되고 싶었지.

수양대군은 한명회의 빈 잔에 술을 따른다.

수양대군　그 뒤 아버지는 나를 경계하더군. 내 안에 할아버지의 피
　　　가 강하게 흐른다는 걸 알고 있으셨어.

한명회　태종대왕 말씀입니까?

수양대군　인왕산에 다녀오고 며칠 뒤 나에게 이런 말씀을 하시는 거
　　　야. '지금 시대에는 네 할아버지 같은 사람은 필요 없다.'

한명회　(한잔 털어 넣으며) 이런 일을 얼추 예상하셨네요. 그래서 수
　　　양산(首陽山)에 들어가 절개를 지킨 중국 주나라의 백이(伯
　　　夷), 숙제(叔齊) 형제를 본받으라고 진양대군(晉陽大君)에서
　　　수양대군(首陽大君)으로 다시 봉하신 거군요.

수양대군	(고개를 끄덕이며) 돌아가실 때 나만 따로 불러 말씀하시더군. '널 죽일까 고민했다. 그러나 죽일 수 없었다. 난 너의 할아버지와 다른 사람이기에… 넌 사랑하는 자식이기에… 부디 네 안에 있는 것을 버려라.'
한명회	결국 못 버렸군요.
수양대군	버리고 싶었지. 그런데 발버둥을 쳐도 되지 않더군.
한명회	잘하셨습니다.
수양대군	아버지는 날 죽였어야 했어.
한명회	다 지난 일입니다.
수양대군	(한숨을 쉬며) 그렇지.
한명회	그래도….
수양대군	그래도 뭔가?
한명회	돌이킬 수 없는 시간은 슬프지요.
수양대군	(쓴웃음) 그래.

한명회의 빈 잔에 다시 술을 따른다.

수양대군	왜 나와 함께 한 건가? 자네도 거창한 거 말고 솔직하게 말해보게.
한명회	한 번만은 이기고 싶었습니다. (간절하게) 딱 한 번만 말이죠.
수양대군	이기고 싶었다니?
한명회	뭐 하나 이겨 본 적이 없어요. 단, 한 번도… 천재니 어쩌니 한 것은 권람이 말하고 다녀서 소문난 것뿐입니다.

수양대군   그래서?

한명회   지는 게 반복되어 계속 쌓이면 어떻게 되는 줄 아십니까?

수양대군   어떻게 되는가?

한명회   패배가 피부에 들러붙습니다.

수양대군   피부에 들러붙어?

한명회   (한숨) 지는 게 익숙해진다는 겁니다.

김승규의 망령 등장.

김승규   (한명회를 비웃으며) 칠삭둥이.

한명회   기분이 나쁘지도 않습니다. 그냥 당연한 것이 되었지요.

김승규   개성의 경덕궁(敬德宮) 궁지기나 하는 놈.

한명회   이겨 본 적이 없으니 그게 어떤 감정인지도 모르죠. 질 거라는 확신이 있으니 상처도 안 받습니다.

김승규   과거(科擧)를 아홉 번이나 떨어진 놈.

수양대군   안타깝군.

한명회   (고개를 저으며) 아니에요. 그때쯤, 슬슬 과거(科擧)도 흥미를 잃었습니다. 꿈을 버린다는 건 안타까움이 아니라 슬픔이지요. 내가 삶을 사는 게 아니라 삶이 나를 어쩔 수 없이 살게 하는 거니까요. 이기려고 했다가 또 상처받을까 봐 결국 아무것도 못 하는 상황이 되어 버렸습니다.

김승규   식충이!

낄낄거리며 비웃는 김승규의 망령. 그러나 한명회는 당연하기에 별 신경을 안 쓴다.

수양대군 (한잔 마시며) 그렇게 익숙해졌는데 왜 다시 이기려고 했지?

한명회는 수양대군의 빈 잔에 술을 따른다.

한명회 권람의 소개로 주군을 처음 만났을 때 저에게 했던 말씀이 기억나십니까?

수양대군 뭐였지….

한명회 '자네, 날 왕으로 만들어 주게!'

수양대군 아…그랬었다. 내가 참, 말에 미사여구를 못 붙이는 성격이라… 많이 당황했지?

한명회 처음이었습니다.

수양대군 처음?

사이.

한명회 누군가 진심으로… 저를 그렇게 믿어준 건 그때가 처음이었습니다. 패배뿐인 인간을 저분은 목숨을 걸고 인정해 주는구나. 그리고 그때 바람이 불었습니다.

김승규의 망령이 휘파람을 분다. 그는 죽일 듯이 한명회와 수양대군을 바라보지만, 결코 그 둘의 생(生)의 영역을 침범할 수 없다.

한명회   (한잔 마시며) 그 바람이 제 피부에 닿자 그제야 살아있다는 것을 느꼈습니다. 찰나였지요. 그래! 한 번은 꼭 이겨보자! 그래서 주군에게 '예, 반드시 왕으로 만들어 드리지요!'라고 답을 했습니다.

수양대군   (웃으며 한잔을 털어 넣고) 난 그저 권람이 인성한 사는 믿을 만하다고 생각해서 말한 것뿐이야.

한명회는 수양대군에게 술을 따른다.

한명회   원래 사람 말을 잘 믿습니까?

수양대군   아니, 믿을 사람의 말만 믿지. 나에게 척은 없어. 하면 하고 아니면 아닌 거야.

한명회   명료하군요.

수양대군   피를 보려면 명료해야지.

수양대군은 한명회에게 술을 따른다.

한명회   명료한 믿음… 가끔은 그 믿음이 모든 게 됩니다.

수양대군   (한잔 마시며) 나도 김종서의 사저(私邸)에서 비슷한 느낌을 받았네. 결국 우리는 함께할 운명이었나 보군.

계속해서 휘파람을 부는 김승규의 망령.

수양대군 왜 이렇게 바람이 매섭고 춥지? 한겨울도 아닌데 말이야.

한명회 영남지방 속설(俗說)인데요, 날씨에 어울리지 않는 매섭고 추운 바람은 서러운 망령들이 원수를 향해 휘파람을 불기 때문이라 합니다.

수양대군 (웃음) 그래서 춥군.

사방에서 심한 바람소리와 휘파람 소리가 들린다.

한명회 후회하십니까? 이리도 원망하는데 말입니다.

수양대군 아니, 전혀.

한명회 강인하시군요. 전 아직도 친구 이현로를 죽인 게 괴롭습니다.

수양대군 그렇다면 더욱 뻔뻔해야지. 그게 그를 위한 최소한의 예의야.

한명회 예의?

수양대군 후회하고 괴로워하는 순간, 우리가 가졌던 우리만의 숭고한 이상(理想)마저 부정하는 거야. 그러면 그들의 죽음은 덧없게 되지. 자네 친구를 두 번 죽이지 말게. 그들의 원통함을 동정하는 건 우리의 영역이 아니야.

사이.

한명회   (한잔 털어 넣으며) 조금은 마음이 놓이는군요.

수양대군   우린 우리 방식대로 최선을 다했어. 참 자네, 나보다 나이가 많지?

한명회   세 살 정도…?

수양대군   죽기 전에 형님이라 불러 줄게. 아직은 아니지만.

한명회   (헛웃음) 예? 무슨 말씀을요. 당치도 않습니다.

휘파람 소리가 계속 들린다.

수양대군   바람이 부는군.

한명회   아직 살아야겠습니다.

양정이 황급히 등장한다.

양정   주군! 형님! 한참 찾았소!

수양대군   뭔 일인가?

한명회   북방군이 벌써 온 건 아닐 테고….

양정   김종서의 목을 땄소! 둘째 아들놈 처가에 있던 걸 내가 직접 죽였소!

김승규의 망령은 바닥에 주저앉는다.

수양대군   (믿기지 않아) 정말인가?

양정	예, 광화문 앞에 걸어 놓았습니다.
한명회	진짜야?
양정	진짜지 그럼 가짜겠소?
한명회	한 번은 가짜로 죽였잖아?
양정	이번엔 진짜로 죽였소!

권람, 신숙주 등장.

권람	주군! 주군!
신숙주	김종서를 죽였습니다!
양정	(자랑스럽게) 내가 이미 보고했습니다.
한명회	그럼 북문으로 나간 가마는 뭐야?
권람	잡아 왔는데 진짜 노파였어. 양갓집 노파가 늦바람이 나서….
신숙주	(자르며) 그 바람 두 번 났다간 우리 모두 숨넘어가겠군.
수양대군	내 직접 김종서의 모가지를 봐야겠다.
신숙주	예! 주군!
권람	저도 직접 봐야 속이 풀리겠습니다.
양정	주상 전하! 제가 뫼시겠습니다.
신숙주	(당황하여) 주상 전하? 입 닥쳐! 아직은 아니야!
양정	속 좁긴….
권람	(웃으며) 뭐 하는가? 빨리 가세.

한명회를 제외한 일동 퇴장.

한명회 (허탈하면서도 기쁨에 찬 웃음) 나의 저승사자를 기다리고 있었
는데….

망령이 된 김종서가 칼을 들고 등장.

한명회 (김종서에게 웃으며) 부자가 만났으니 마음이 아주 뿌듯하
겠소!

김종서는 김승규와 함께 한명회의 주위를 돌며 칼을 휘두른다.
그러나 망령들의 칼은 살아있는 한명회에게 닿지 않는다. 칼 소
리는 점점 거세져 매서운 바람소리처럼 들린다.

한명회 (그들을 바라보며) 살아야겠다!

한명회 퇴장. 망령인 현덕왕후가 등장.

현덕왕후 (세종대왕의 초상을 바라보며 슬프게) 내 새끼를 살려주세요, 아
바마마!

초상화의 두 눈에서 피눈물이 흐른다.

6장

과거의 추억을 되돌아본 뒤 다시 1장 현재(現在)의 의금부(義禁府).

세조   근데 말이야. 김종서 그 늙은이는 철퇴를 그렇게 맞고 어떻게 살아있었을까?

한명회   양정이 허우대만 멀쩡했지 약골이었나 봅니다.

세조   당시 양정보다 힘이 센 자는 나밖에 없었어. 게다가 그 무식한 걸 맞고 버틴 게 참 대단하고 신기해.

한명회   (생각에 잠겨) 흠….

세조   삶에 대한 집착이었을까?

한명회   그것도 있겠지만… 시절을 짊어진 자의 책임감 아닐까요?

세조   시절을 짊어져?

한명회   김종서의 양어깨에는 당시 많은 생명이 있었으니까요.

세조   그랬지. 어린 임금, 자신을 따르는 수많은 자들….

한명회   그리고 그들은 김종서가 죽자 결국 다 죽었습니다.

세조   그래, 그런 삶의 무게로 죽기도 힘들었을 게야.

한명회   그나저나….

세조   뭔가?

한명회   양정은 왜 죽이셨습니까?

망령인 양정 등장. 그는 말없이 휘파람으로 바람소리를 낸다.

세조   글도 제대로 모르는 놈이 병조판서를 달라잖아. 혼자 너무 욕심을 부리면 안 돼. 목숨을 건 사람이 얼마나 많은데….

한명회   그래도 직접 손을 더럽힌 건 양정이지 않습니까?

세조   자기 분수를 알아야지. 그런 규칙조차 없으면 다 무너져.

한명회   냉정하군요.

세조   동지들을 지키려고 냉정한 걸세.

한명회   소신은 그렇게 믿겠습니다만…, 주상 등 뒤에 죽은 양정이 있습니다.

세조는 뒤돌아보지만, 그에게는 양정의 망령이 보이지 않는다.

한명회   (웃음) 저놈은 인정 못 하는 눈치입니다.

세조   어쩔 수 없지.

양정   (한숨)

한명회   무섭습니다.

양정의 망령 퇴장.

세조   자네가 보는 환영이 진짜 존재한다면, 그놈 말고도 날 죽이려는 망령들이 많겠지. 다 신경 쓸 수 없어.

한명회   그렇습니다. 세간에 사육신(死六臣)이라 칭송받는 망령들이 가장 우리를 죽이고 싶어 한답니다.

세조 무리를 죽이려다 실패하고 망령이 된 성삼문, 박팽년, 칼을 든 유응부가 등장한다.

세조　　명나라 사신(使臣) 윤봉(尹鳳)을 영접할 때, 내 바로 옆에서 호위하려던 별운검(別雲劍, 조선시대 무반 두 사람이 큰 칼을 차고 임금의 좌우에 서서·호위하는 종2품 이상의 임시 관직) 유응부가 날 죽이고, 박팽년과 성삼문이 의정부를 장악한다… 제법 치밀한 계획이었어.

유응부가 칼집에서 칼을 빼 세조에게 휘두르지만 역시 망령이라 살아있는 세조에게 닿지 않는다.

한명회　(비웃음) 소신이 그때 창덕궁 연회장에서 별운검(別雲劍)을 물리지 않았으면 지금 이렇게 의금부에 잡혀 있겠습니까?

세조　　(받아치며) 그전에 자네와 난 목이 잘려 오손도손 저잣거리에 걸렸겠지.

한명회와 세조 둘 다 크게 웃는다. 유응부가 아무리 칼을 휘둘러도 살아있는 세조에게 닿지 않자 박팽년과 성삼문이 조용히 말린다. 유응부는 한숨 쉬며 칼을 다시 칼집에 넣는다.

세조　　그놈들… 발각되어 고문 받을 때도 말은 멋지게 하더군.

성삼문　나리는 나라를 도둑질하여 빼앗지 않았소? 우리는 상왕전하(단종)의 신하지 나리의 신하가 아니오!

세조 (생각해 보니 화가 나서) 그놈의 '나리' 어쩌고는 다시 생각해도 뒷골이 당겨.

한명회 전 주상을 인정 못 하는 놈들이 녹봉은 받아먹은 게 하도 웃겨서 '그런 니들은 왜 주상이 주는 밥은 받아 처먹었냐?'고 물었더니….

박팽년 우리 집 창고에 가 봐라! 네놈들이 준 거 손도 대지 않았다!

한명회 (한숨) 가보니까 진짜 곡식이 그대로 있어 할 말이 없었습니다.

세조 신숙주는 뭐가 그리 쫄려서 내 뒤에 숨어 안절부절못하던지… 결국 그 꼬라지를 성삼문이 보고는….

성삼문 이봐, 숙주! 옛날 너와 함께 집현전에 있을 때 세종대왕께서 원손(元孫, 단종)을 안고 뜰을 거닐면서 세월이 흐른 뒤에 너희들이 이 아이를 잘 생각하라는 당부가 아직도 귓전에 남았는데, 네가 어찌 이럴 수가 있는가!

옆방에서 자는 신숙주가 그 말을 듣자 침이 살에 걸려 괴로워한다.

신숙주 (잠꼬대) 무, 물!

박팽년 숙주! 문종대왕께서 병환 중 친히 어주(御酒)를 내리면서 '내가 죽거든 이 아이(단종)를 경(卿)들에게 부탁한다!'고 하신 말씀을 정녕 잊었단 말이더냐?

신숙주	(잠꼬대) 물!
한명회	(그런 신숙주를 보며) 안 자는 것 같은데요?
세조	에이, 설마.

신숙주는 얼마 안 가 다시 편하게 잔다.

세조	(웃음) 숙주는 가끔 귀여워.
한명회	전 유응부가 했던 말이 가장 공감이 갔습니다.
유응부	자고로 붓대 놀리는 서생들과는 일을 함께 도모할 수 없다고 하더니 과연 그렇더군!

유응부의 말을 듣고 박팽년, 성삼문은 한숨을 쉰다.

유응부	지난번 사신을 초청 연회하는 날, 내가 칼을 사용하려고 했는데 그대들이 굳이 말리면서 '만전(萬全)의 계책(計策)이 아니요.' 하더니 결국 화를 초래하고야 말았구나! 너희는 책을 읽었으되 실천을 못 하니 무엇에 쓰겠는가!
한명회	백번 맞는 소리!
세조	사실 별운검이고 나발이고 그때, 유응부가 칼을 뽑고 덤볐으면 우린 꼼짝없이 당했지.
박팽년	(부끄러워) 입이 열 개라도 할 말이 없습니다.
성삼문	(고개를 푹 숙이고) 죄송합니다.
유응부	죽어! 그냥! 아… 죽었지.

한명회는 사육신의 망령들을 바라보며 크게 웃는다.

한명회 패자들이여! 안타깝게도 그대들은 핏빛, 그 찰나의 순간
을 보지 못했구나! 결행했다면 설령 실패했더라도 그대들
은 순간의 황홀함을 느꼈을 텐데… 어쩌랴! 운명인 것을!

사육신의 망령들은 한명회를 바라보며 휘파람을 분다.

한명회 (관객을 향해 혼잣말) 그래도 그대들은 죽어서 만년을 살지
않는가? 그렇게 위로하시고 잘들 가시게.

사육신의 망령들은 휘파람을 불면서 모두 퇴장한다.

세조 대체 허공에 대고 무슨 소리를 했나?

한명회 망령들을 달래서 보냈습니다.

세조 피곤하게 사는구먼.

한명회 그러게 말입니다.

세조 근데, 어떻게 알고 그날 별운검을 물린 거야? 무슨 정보가
들어왔나?

한명회 아니에요.

세조 그럼?

한명회 촉!

세조 고작 촉?

한명회	뭔가… 공기가 무거운 게 무릎이 쑤시고, 혹시나 했더니 역시였죠.
세조	(웃음) 그놈의 촉.
한명회	(웃음) 그놈의 촉이죠.
세조	난 그놈들을 역적이라 칭하고 실록에도 그리 쓰라 명했네.
한명회	잘하셨습니다. 그게 우리의 본분입니다.
세조	그래도 그들이 정의롭다는 건 변함없겠지.
한명회	그건 세상 사람들의 입을 통해 전해질 겁니다.
세조	그 입이 책에 적혀 야사(野史)가 되고.
한명회	그들은 불멸(不滅)이 될 것입니다.
세조	아무리 우리를 정사(正史)에 정의라 써도 찬탈자란 이름으로 남겠지.
한명회	그들의 숭고함마저 더럽히면 안 되겠지요.
세조	지금 이 시절을 잡고 누린 거로 만족해야지.
한명회	그들 앞에 부끄럽지 않기 위해 해야 할 일이 또 있긴 합니다.
세조	뭔가?
한명회	이 땅을 잘 다스려야지요. 그게 그들에게 하는 사과입니다.
세조	그래야지.
한명회	그거면 될듯합니다.

김종서와 김승규의 망령이 등장하여 휘파람을 분다.

세조   돌이켜보니 계유년 그날, 하루에 참 많은 게 지나갔어. 많은 생명이 죽었고… 그리고 차마 못 할 짓도 있었지.

한명회 조카가 죽은 게 아직도 마음에 걸리십니까?

세조   자살할진 몰랐어.

한명회 그래도 언젠가 죽었어야 했습니다. 다행히 소가를 직접 죽인 패륜(悖倫) 숙부란 굴레는 없지 않습니까?

세조   (고개를 끄덕이며) 그래.

한명회 인간은 다 죽지요.

세조   우리도 역시 죽겠지.

한명회 얼마 전 권람도 갑자기 가지 않았습니까. 외롭습니다. 진정한 친구였거든요.

세조   그래도 우리는… 살아야지.

한명회 그래야죠.

사이.

세조   사실, 이 말을 하고 싶어 왔네.

한명회 (웃음) 그럼, 이제 살 수 있다는 추측을 확신으로 바꿔도 되겠습니까?

세조   (능청스럽게) 글쎄?

세조는 의금부 밖으로 향하다 멈춘다.

세조 반란은 거의 진압됐다더군.

한명회 임금 되시고 사건만 터집니다.

세조 (웃음) 그러게 말이야. 근데 중전이 뭐라는지 아는가?

한명회 뭐라 하십니까?

세조 내 기가 차서….

세조의 회상 속 정희왕후(세조의 본처) 등장.

정희왕후 (웃음) 이시애 덕분에 군사훈련도 했으니, 국방이 더욱 튼튼해졌겠어요.

한명회 (정희왕후를 보며) 허참!

세조 그 뒤 말이 더 압권이야.

정희왕후 (세조의 어깨를 주무르며) 미운 것들을 처리할 핑계거리도 생겼고요.

한명회 (당황하여) 미운 것들?

정희왕후 (한명회를 보며) 이왕 기회가 온 거 단숨에 다 끝내버리세요.

한명회 (다급하게) 중전마마!

정희왕후 (넉살맞게) 함길도 병마절도사 강효문이 서울의 한명회, 신숙주 등과 결탁하고, 함길도 군대를 이끌고 모반하여 어쩔 수 없이 강효문을 먼저 처리했다고 이시애가 고하지 않았습니까? 이 모든 걸 한 번에 해결할 수 있으니 반란이 그리 나쁜 것만은 아닙니다.

정희왕후 퇴장.

한명회 미운 것들이 누구입니까?
세조 (웃음) 자네 요즘 멍청한 질문만 해.
한명회 (정희왕후가 퇴장한 곳을 보며) 저분을 왕으로 모셨어야 했는데… 그때 선택을 잘못했습니다.
세조 결정했네. 처형한다.
한명회 결정했습니다. 살아야겠습니다.

둘은 한바탕 크게 웃는다.

세조 내일 한잔하지. 숙주도 함께 오게.
한명회 숙주는 힘들 것 같습니다.
세조 (웃음) 안 오면 죽는다고 전하게.
한명회 (웃음) 명을 받들지요.

세조 퇴장.

한명회 (세조가 퇴장한 곳을 바라보며) 그다음 해 저 괴물은 죽었다. (그리워하며) 잘 가시게, 동생….
권람 (목소리만) 다들 그 괴물을 기다리고 있다네.

한명회   (반가운 목소리가 들려) 이보게 권람!

망령인 권람 등장.

권람   왜 불러?

한명회   친구니까. 원한도 없으니….

권람   그건 모르지.

한명회   궁금한 게 있어.

권람   뭔데?

한명회   자넨 뭘 믿고 날 천재라고 한 거야?

권람   글쎄? 설명할 순 없는데… 자네는 뭔가 때려 맞추면 맞을 때가 많아.

한명회   고작 그거?

권람   그게 얼마나 중요한데!

한명회   확인된 게 없잖아?

권람   난 서류를 보고 사람을 판단하지 않아. 본질을 직접 보지.

한명회   그 본질이 뭔데?

권람   (웃음) 자네 정말, 주상 말대로 멍청한 질문만 하는군.

한명회   글쎄, 난 아직도 뭔지 모르겠어.

권람   편하게 생각해.

한명회   고마워.

권람   뭐가.

한명회   믿어줘서.

| 권람 | 싱겁긴. |
| 한명회 | 그게 나에게 얼마나 컸는지 자넨 모를 거야. |

사이.

한명회	내⋯ 전부였지.
권람	이제 지옥으로 가야겠네.
한명회	잘 가시게.
권람	기다리고 있을 테니 빨리 오게나.
한명회	아직은 살아야 해.
권람	(웃음) 그래, 내 친구니까. 그리고 이렇게 바람이 부니⋯.

권람의 망령 퇴장.

신숙주	(목소리만) 이보게, 자준! 뭔 혼잣말을 그렇게 하나?
한명회	(놀라서) 아이, 깜짝이야!
신숙주	우리 사는 거지?
한명회	자는 척한 거야?
신숙주	자존심이 있지. 주상이랑 말 섞기가 싫어서.
한명회	팔푼이!
신숙주	이제 진짜 잔다.

바로 코골고 자는 신숙주.

한명회 (어이가 없어) 무서운 놈!

더욱더 코를 고는 신숙주.

한명회 (혼잣말) 산 놈들 가슴 속은 바다 속 같아 알 수가 없어. 때려 맞출 뿐이지.

갑자기 거센 바람이 분다.

한명회 오셨는가?

세조의 조카이자 왕위를 찬탈당한 단종의 망령 등장.

단종 지옥으로 와라. 자리는 준비되어 있다.
한명회 죄 없고 숭고한 어린 왕이여!
단종 어서 와라.
한명회 내가 사람을 보내 그대를 자살로 위장시켰지. 우리 주상께서 혈육의 피까지 보게 할 수는 없지 않은가?
단종 (휘파람을 분다)
한명회 날 원망하는가?

그동안 세조 무리에게 죽었던 망령들이 모두 등장한다. 바람이 더욱 거세게 분다.

한명회   바람이 일어나는군!….

단종은 한명회에게 오라고 손짓한다.

한명회   그래, 살아야겠다.

현덕왕후가 등장하여 단종을 등 뒤에서 안아 준다. 모든 망령들
은 계속 휘파람을 분다. 한명회는 웃으면서 그들을 바라본다.

−막−

한국 희곡 명작선 81

핏빛, 그 찰나의 순간

초판 1쇄 인쇄일   2021년 11월 25일
초판 1쇄 발행일   2021년 11월 30일

지 은 이   최준호
만 든 이   이정옥
만 든 곳   평민사
　　　　　서울시 은평구 수색로 340 〈202호〉
　　　　　전화 : 02) 375-8571 / 팩스 : 02) 375-8573
　　　　　http://blog.naver.com/pyung1976
　　　　　이메일   pyung1976@naver.com
등록번호   25100-2015-000102호
ISBN   978-89-7115-795-4   04800
　　　　　978-89-7115-663-6 (set)
정 　 가   8,000원

· 잘못 만들어진 책은 바꾸어 드립니다.
· 이 책은 신저작권법에 의해 보호받는 저작물입니다.
　저자의 서면동의가 없이는 그 내용을 전체 또는 부분적으로 어떤 수단 · 방법으로나
　복제 및 전산 장치에 입력, 유포할 수 없습니다.

이 책은 사단법인 한국극작가협회가 한국문화예술위원회의 2021년 제4회 극작엑스포
지원금을 받아 출간하였습니다.